Princesse Bettina
et le cochonnet

À Hero, avec toute mon amitié et mille mercis, V.F.
Remerciements spéciaux à J.D.

Cet ouvrage a initialement paru en langue anglaise en 2008
chez Orchard Books sous le titre :
Princess Bethany and the Lost Piglet.
© Vivian French 2009 pour le texte.
© Orchard Books 2009 pour les illustrations.

© Hachette Livre 2011 pour la présente édition.

Adapté de l'anglais par Natacha Godeau

Mise en page et colorisation : Valérie Gibert et Philippe Sedletzki

Hachette Livre, 43 quai de Grenelle, 75015 Paris

Vivian French

PRINCESSE
Academy
Les Tours de Diamants

Princesse Bettina
et le cochonnet

hachette
JEUNESSE

PRINCESSE
Academy
Les Tours de Diamants

Institution

pour Princesses Modèles

Devise de l'école :

Une Princesse Modèle
est honnête, aimable
et attentionnée.
Le bien-être des autres
est sa priorité.

Les Tours de Diamants abritant une ferme, une réserve d'animaux sauvages, un parc et une clinique vétérinaire, notre programme inclut :

- Une préparation au Concours des Prés
- Une excursion à la Bambouseraie Royale
- Un stage à la ferme
- Une randonnée à dos d'éléphant

Notre directeur, le Roi Percy Ier, habite la tour principale. Nos élèves sont placées sous la surveillance de Marraine Fée, l'Enchanteresse en chef.

Liste des professeurs:

· Lady Pénélope
(Responsable de la Ferme, du Parc
et de la Réserve)

· La Reine Mère Matilda
(Maintien et Bonnes Manières)

· Fée Angora
(Assistante de Marraine Fée)

· Docteur Jade
(Chargée des Animaux)

· Lady Sally
(Directrice de la Garderie Animalière)

Les princesses sont notées à l'aide de Points Diadème. Les meilleures élèves reçoivent leur Écharpe de Diamant à l'occasion du Bal de Fin d'Année. Elles peuvent ensuite s'inscrire au Palais d'Or afin d'y parfaire leur éducation.

Le jour de la rentrée,
chaque princesse est priée
de se présenter munie de :

- Dix tenues de bal
- Cinq ensembles de jour
- Sept robes de cocktail
- Cinq paires de chaussures de fête
- Une paire de bottes d'équitation
- Une paire de bottes en caoutchouc
- Un imperméable
- Dix paires de chaussettes épaisses.

La Chambre des Tulipes

• Princesse Bettina
sait surmonter
ses peurs

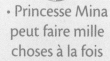

• Princesse Mina
peut faire mille
choses à la fois

• Princesse Karine
ne renonce jamais

• Princesse Agathe
a du caractère

• Princesse Lalie
est douce et
déterminée

• Princesse Romy
relève tous les défis

SANS OUBLIER...

• Les jumelles Précieuse et Perla,
les pires chipies de l'école !

Coucou,
je suis Princesse Bettina !
Aujourd'hui, on visite la ferme de l'école.
Et avec mes amies de la Chambre des Tulipes,
les Princesses Mina, Karine, Lalie, Agathe
et Romy, on est folles de joie
que tu nous accompagnes !

Mais il faut que je t'avoue un secret :
parfois, j'ai un peu peur des animaux…

Chapitre premier

Tu imagines ça? Marraine Fée porte de grosses bottes en caoutchouc, ce matin! Elle arrive vers nous à grands pas et je l'avoue, j'ai un peu envie de rire...

— Tu crois qu'elle peut encore s'envoler d'un coup de baguette magique ? pouffe Karine à mon oreille.

C'est vrai que ses bottes doivent peser des tonnes ! Mais après tout, l'Enchanteresse en chef n'est pas non plus la plus légère des fées… Remarque, ce n'est pas très grave : elle est tellement jolie, gentille et amusante, c'est notre professeur préféré !

— Bonjour, mes chères princesses ! s'exclame-t-elle joyeusement en nous rejoignant à la porte de l'école.

— Bonjour, Marraine Fée !

— Comme vous le savez, aujourd'hui nous partons en

stage à la ferme. Nous allons d'abord admirer les cochons nouveau-nés, puis le docteur Jade vous montrera comment nourrir leurs parents.

Les jumelles Précieuse et Perla grimacent.

— Vous voulez dire qu'on va s'occuper de cochons ? proteste Perla. C'est dégoûtant ! Notre mère nous interdit d'approcher d'animaux aussi sales !

Marraine Fée fronce les sourcils. Elle a l'air fâché !

— Le cochon est un animal très propre, Princesse Perla. Je sais que l'on prétend souvent le

contraire, mais ce sont des bêtises. Et maintenant, mes chères

princesses, enfilez vos bottes en caoutchouc et retrouvez-moi à la ferme dans deux minutes.

L'Enchanteresse s'éloigne. Les valets des Tours de Diamants ont aligné nos bottes en caoutchouc près de la porte. Perla trépigne :

— Ne comptez pas sur moi pour porter ces horreurs !

Puis, elle récite : « Une Princesse Modèle s'habille toujours avec grâce et bon goût », avant de relever le nez d'un air hautain, et de prendre le chemin de la ferme avec ses escarpins.

— Attends-moi ! s'écrie Précieuse en lui courant après.

Moi aussi, je suis une Princesse Modèle !

— Eh ! les appelle Romy. Il y a de la boue partout, à la ferme ! Vous allez abîmer vos jolies chaussures !

Mais les jumelles haussent les épaules sans se retourner. Elles

s'en fichent complètement ! Nous enfilons alors nos bottes en nous appuyant sur le fauteuil roulant de Lalie : c'est pratique, pour garder l'équilibre ! Et peu après, nous arrivons dans la cour de la ferme. Je commence à m'inquiéter.

— Dis, Mina, toi qui connais bien les animaux… Un cochon, c'est plutôt sauvage ou familier ?

— C'est adorable, Bettina ! Ma tante, la Reine Elisabetta, en élève dans son domaine. Leurs petits sont tellement mignons, si tu savais ! Oh là là ! J'espère qu'on me laissera en prendre un dans mes bras !

Ouf, ça me rassure un peu…
Mais j'ai beau essayer de cacher
ma peur idiote, Agathe et Romy
se doutent de quelque chose :
elles me sourient comme pour
m'encourager !

— En route pour la porcherie ! déclare Marraine Fée quand
nous sommes toutes réunies.

Nous entrons dans la remise.
Nous approchons d'un enclos
et nous retenons un petit cri.
Quelle merveille ! Il y a là plein
de bébés cochons qui s'amusent
autour de leur maman, allongée
sur la paille.

— Je vous présente Mirabelle,

dit Marraine Fée. C'est une truie, et ses petits sont appelés porcelets, ou cochonnets.

Mirabelle est vraiment énorme ! Elle a de longues oreilles molles qui lui retombent autour des yeux, et sa peau rose est tachetée de noir. Le plus étonnant, c'est qu'elle est recouverte de poils ! Moi qui pensais que les cochons étaient tout lisses et tout brillants ! Les cochonnets, aussi, sont tachetés. Mais ils sont beaucoup plus pâles que leur mère. En tout cas, Mina avait raison : ce sont des amours ! Je les compte par curiosité :

— Ça alors, treize bébés, c'est beaucoup !

— Combien, Princesse Bettina ? questionne le docteur Jade

en pénétrant à son tour dans la
remise.

Elle recompte, la mine sou-
cieuse et...

— Treize, c'est bien ça. Ce qui signifie qu'il en manque un !

Chapitre deux

J'écarquille les yeux, inquiète.

— Vous croyez qu'il s'est sauvé ?

— J'espère surtout que Mirabelle ne l'a pas écrasé, répond le docteur Jade. Les truies sont si grosses, elles ne se rendent pas compte, parfois, qu'elles s'allongent sur leurs petits.

— Mais c'est horrible ! je m'exclame.

Docteur Jade hoche la tête.

— Il faut vérifier ça tout de suite.

Je vais faire bouger Mirabelle, et vous regarderez sous elle.

Je grimace. Je n'ai pas très envie de voir un bébé cochon écrasé ! Alors, le docteur Jade sort une belle pomme rouge

de sa poche. Elle l'agite sous le nez de Mirabelle qui, incapable de résister à la tentation, se lève pour la croquer et… Ouf! Pas de porcelet écrabouillé dans la paille!

— Bon, eh bien Groseille s'est encore échappé, dit le docteur Jade d'un air soulagé. C'est le plus dissipé de la portée, il ne tient pas en place!

Elle nous montre une ouverture, dans le fond de la porcherie. Un peu comme une chatière pour cochon!

— Mirabelle doit rester quelques jours au calme, à l'intérieur.

Mais ses petits peuvent sortir par là, s'ils le veulent. Pour l'instant, ils ont encore peur de s'éloigner… excepté Groseille ! Je suppose qu'il explore la cour.

Marraine Fée sourit. C'est ce qu'elle pense aussi ! Docteur Jade ajoute :

— Si vous êtes d'accord, on partira à sa recherche après avoir nourri les Landrace et les White.

— Les quoi ? chuchote Agathe.

— Les cochons, voyons ! répond Mina. Il en existe des tas de races différentes !

Dans son dos, Perla persifle :

— Bravo, Mina-la-spécialistedes-porcs ! Moi, je préfère étudier les bijoux. Chacun ses goûts !

Mina l'ignore. J'admire son sang-froid !

— Nous serons enchantées de vous aider à retrouver Groseille, accepte Romy en notre nom à toutes.

Docteur Jade la remercie.

— Parfait ! Et maintenant, occupons-nous du repas des cochons. Il y a des seaux pleins de pâtée, devant la porte de service des cuisines. Rapportez-les ici, et je vous expliquerai quoi faire.

— De la pâtée pour cochons ? répète Précieuse, horrifiée. Je préférerais plutôt mourir que de toucher à ça !

Marraine Fée est furieuse. Elle gronde :

— Ne dites donc pas de bêtises, Princesse Précieuse ! La pâtée est une bouillie des restes des légumes de la cantine, à laquelle

Docteur Jade ajoute des céréales et des vitamines. Les cochons en raffolent. Vous verrez, quand vous la leur donnerez!

À ces mots, Perla blêmit.

— Pitié, Marraine Fée ! Je ne pourrai jamais nourrir ces porcs, c'est trop répugnant !

— Ah oui ?!

L'Enchanteresse grandit, grandit, grandit… C'est le signe qu'elle est très en colère !

— Princesses Précieuse et Perla ! Votre attitude me choque beaucoup ! Vous êtes à la Princesse Academy pour suivre notre enseignement. Et « une vraie Princesse Modèle est aussi bien capable d'ouvrir le bal que de se salir les mains en travaillant à la ferme » !

Les jumelles baissent les yeux,

honteuses. Marraine Fée conti-
nue :

— Soit vous obéissez sans
discuter, soit je vous envoie au
bureau du Roi Percy. Vous avez
compris ?

— Oui, Marraine Fée. Nous
sommes désolées.

— Et ce que je viens de dire
est valable pour chacune d'entre vous ! précise alors l'Enchanteresse en se retournant vers
la classe. Je ne tolérerai plus la
moindre protestation, ni la moindre comédie !

— Promis, Marraine Fée, nous
répondons d'une seule voix.

Elle est si intimidante, quand elle se fâche... J'en tremble comme une feuille! Elle termine:

— Je rentre aux Tours de Diamants, je vous laisse avec Docteur Jade. Écoutez-la bien, surtout !

Elle sort de la porcherie. Sur le pas de la porte, elle se retourne dans un nuage d'étincelles. Elle prévient :

— Je reviens tout à l'heure en compagnie de Lady Pénélope. Soyez sages !

Chapitre trois

Oh là là! Je n'ai rien à me reprocher et pourtant, je me sens fautive. J'ai l'impression que c'est moi, qui viens d'être grondée! En plus, Lady Pénélope est si sévère, elle me donne le trac. Dès que je suis devant elle, je deviens maladroite tellement j'angoisse ! Alors forcément, je n'ai pas du tout envie de la voir tout à l'heure… Sur le chemin des cuisines, Mina me rassure :

— Courage, Bettina. Moi, je l'aime bien, Lady Pénélope.

Je rougis. Je devrais apprendre à être moins sensible !

— Voilà les seaux ! s'écrie soudain Karine en pointant le doigt vers l'entrée de service.

Qu'est-ce qu'ils sont jolis ! Les nôtres sont décorés de tulipes, avec nos noms gravés dessus !

— Fantastique ! s'exclame Agathe. On est presque de vraies fermières, maintenant !

J'examine la pâtée avec curiosité. Ça ne sent pas aussi mauvais que ça ! Ce ne sont que des épluchures, mélangées avec du vieux pain et des feuilles de chou. Et puis, comme le seau n'est pas rempli à ras bord, ça ne pèse pas très lourd. Heureusement !

— Viens, Précieuse ! ordonne tout à coup Perla. On va d'abord porter le mien à deux, pour pouvoir se boucher le nez. On reviendra après prendre le tien.

Et les deux pestes s'éloignent en faisant des grimaces exagérées et en gémissant :

— Pouah ! Quelle infection !

Peu après, Docteur Jade nous
demande de mêler des carottes
et des trognons de pomme à la
pâtée. Puis, elle nous conduit à la
barrière de la cour et explique :

— L'enclos extérieur des cochons est au bout du sentier, là-bas, à l'entrée du verger. Vous n'aurez qu'à vous pencher par-dessus le muret pour vider vos seaux dans leurs mangeoires. Veillez bien à verser de la pâtée sur toute la longueur des auges, surtout !

— Pourquoi ? interroge Perla.

— Pour que chaque cochon ait sa part ! répond Docteur Jade en souriant. Ensuite, vous reviendrez ici, vous me rendrez vos seaux, et nous partirons à la recherche de ce coquin de Groseille.

Sur quoi, elle nous ouvre
la barrière en recommandant
encore :

— Ne traînez pas, la matinée est déjà bien avancée !

Nous filons sur le sentier en sautillant joyeusement. Mes bottes sont un peu grandes pour moi, mais au moins, je peux marcher dans les flaques sans risque ! Par chance, le milieu du chemin est sec, Lalie avance facilement, avec son fauteuil roulant. Bientôt, je prends la tête de notre petit groupe, et Romy me rattrape.

— Doucement, Bettina ! Tu accélères, on dirait que tu penses à autre chose !

— C'est vrai : je trouve bizarre

que Marraine Fée n'ait pas repro-
ché aux jumelles de ne pas avoir
enfilé leurs bottes en caoutchouc.

Romy hausse les épaules.

— Elle n'a peut-être rien remar-
qué. Ou alors, elle a fait exprès de
les laisser se mouiller les pieds,
pour leur donner une bonne
leçon !

— Avec Marraine Fée, il faut
s'attendre à tout ! renchérit Lalie,
l'œil brillant.

Karine regarde autour de nous
avant de jeter :

— En tout cas, bottes ou pas,
Précieuse et Perla ne sont pas en
vue !

Et nous éclatons de rire en les imaginant en train de patauger dans la gadoue avec leurs fragiles ballerines de satin !

— J'adore la ferme, déclare

soudain Lalie en respirant le parfum de l'herbe fraîchement tondue.

Les oiseaux chantent dans les pommiers fleuris. Dans le pré

voisin, les moutons bêlent en nous regardant passer. Je soupire de bonheur. Quel calme ! Enfin, nous atteignons l'enclos des cochons. Nous nous penchons par-dessus le muret en pierre. Agathe s'exclame :

— Les mangeoires sont déjà pleines !

— Et les cochons sont déjà en train de se goinfrer ! pouffe Mina.

On les entend grogner, souffler et croquer tandis qu'ils plongent le groin dans la pâtée. Ils se pressent devant leurs auges, ils se bousculent comme des affamés.

Romy n'en revient pas.

— Attention à ne pas leur vider nos seaux sur la tête !

— Tu as raison, acquiesce Karine. Ils ne se pousseront jamais pour nous laisser faire !

Et elle verse avec précaution sa pâtée le long de la mangeoire.

— Régalez-vous, les gourmands !

Chapitre quatre

En rentrant dans la cour principale, pour rejoindre le docteur Jade, je sursaute. Je viens de voir quelque chose bouger, derrière un rosier ! Et si c'était le cochonnet perdu ? Vite, je cours vérifier !

— Groseille ? j'appelle doucement.

Mais je tombe nez à nez
avec les jumelles ! Dès qu'elles
m'aperçoivent, elles se mettent
à se parler à l'oreille en me
montrant du doigt. Je hausse
les épaules. J'ai l'habitude, elles
font toujours ça, ces chipies ! Et
sans plus me soucier d'elles, je
fonce à la remise. Je pose mon
seau vide à la porte avec les
autres, puis je retourne auprès
de mes amies qui s'occupent
de Mirabelle avec notre professeur.

— Mirabelle adore qu'on la

caresse derrière les oreilles, dit le docteur Jade.

Tout le monde essaie tour à tour. Moi, je n'ose pas !

— Vas-y, Bettina ! C'est rigolo !

Mina est gentille de m'encourager. Mais je m'inquiète trop

pour le cochonnet perdu. J'ai hâte de le retrouver pour le réconforter… Le pauvre, il doit être effrayé, loin de sa maman !

— On devrait partir à la recherche de Groseille, non ?

— Bettina a raison ! approuve Agathe. On commence par où ?

Je réfléchis.

— On pourrait fouiller la cour principale ? Il ne s'est peut-être pas trop éloigné…

— Bonne idée, Bettina ! On y va !

— Princesse Bettina, vous n'irez nulle part ! clame soudain la voix sévère de Lady Pénélope.

Elle vient de surgir dans la remise. Et elle n'est pas contente du tout ! Je ne comprends pas ce

qui se passe. Je m'incline en bre-douillant :

— Il y a un problème, Lady Pénélope ?

— Un énorme problème, Princesse Bettina !

Ça y est, je me sens rougir. Je n'ai rien fait de mal, pourtant ! Lady Pénélope reprend :

— Voulez-vous m'expliquer pourquoi votre seau de pâtée est plein à ras bord ?

Je suis si surprise que je ne trouve rien à dire. Alors, Lady Pénélope m'entraîne à la porte. Je fixe les seaux sans bouger. Mon cœur bat à mille à l'heure : en effet, le mien est plein. Encore plus plein même qu'au début !

— Mais c'est impossible… je bafouille.

— Inutile de nier ! gronde Lady Pénélope. Marraine Fée m'a alertée qu'une élève trouvait indigne d'elle de nourrir les cochons. Je n'aurais jamais cru qu'il s'agissait de vous !

Bien sûr, il ne s'agit pas de moi ! Mais j'ai la gorge si serrée que je ne parviens pas à articuler un mot… Lady Pénélope fronce les sourcils.

— Si vous ne protestez pas, Princesse Bettina, c'est que vous avouez ! Suivez-moi. Nous allons de ce pas chez le Roi Percy. Vous lui expliquerez votre comportement !

Et m'attrapant par le bras, elle me conduit au bureau du directeur. Je suis incapable de protester. Tu ferais quoi, toi, à ma place ? Tout s'est passé si vite ! Je ne suis même plus certaine d'avoir vidé mon seau dans la mangeoire… Mais qu'est-ce que je vais bien pouvoir raconter au Roi Percy ? Il va m'enlever des centaines de Points Diadème. Alors, je vais éclater en sanglots… et il me croira coupable !

— Dépêchez-vous un peu,
Princesse Bettina! s'impatiente

Lady Pénélope quand on arrive à la porte de l'école. Les élèves des Tours de Diamants sont censées obéir sans rechigner…

Elle s'interrompt. Marraine
Fée sort justement de l'école.

— Eh bien, vous êtes pressées !
s'exclame-t-elle.

Puis, elle m'aperçoit et...

— Princesse Bettina ? En voilà, une tête ! Pourquoi n'êtes-vous pas à la recherche de Groseille avec vos camarades ?

— Princesse Bettina se rend chez le directeur, annonce alors Lady Pénélope d'un ton sec. Vous aviez raison, Marraine Fée : cette enfant a refusé de nourrir les cochons !

Chapitre cinq

Marraine Fée n'en revient pas.

— Vous devez faire erreur, Lady Pénélope. Je ne parlais pas de Princesse Bettina, tout à l'heure…

— Pas d'erreur ! insiste le professeur. Le seau de Princesse

Bettina est rangé, et il est encore plein. Je l'ai vu de mes propres yeux : il déborde de pâtée !

À ces mots, elle comprend quelque chose et s'écrie :

— Mais pourtant : les seaux n'étaient remplis qu'à moitié ! Alors, comment se fait-il que celui de Princesse Bettina soit maintenant plein… *à ras bord* ?

— C'est bien la question que je me pose ! réplique Marraine Fée. On dirait qu'une petite enquête s'impose. N'est-ce pas, Princesse Bettina ?

— Oh oui, je vous en prie, enquêtez ! je supplie.

— Parfait! Lady Pénélope et moi allons chercher vos camarades afin d'éclaircir cette mystérieuse affaire. Attendez-nous dans la cour de la ferme !

Elles s'éloignent à grands pas tandis que je regagne la ferme. Je m'assois près des seaux, à la

porte de la remise. Quelle his-
toire ! Je soupire, soulagée que
l'Enchanteresse ne doute pas
de moi. Quand, tout à coup, un
couinement bizarre attire mon
attention.

— Grouik !

Je bondis sur mes pieds en
demandant :

— Qui est là ?

— Grouik !

Cette fois, j'en suis certaine,
c'est le cri d'un petit cochon !
J'appelle :

— Groseille ?

Et un minuscule porcelet
apparaît derrière le gros rosier,

au fond de la cour ! Je m'immo-
bilise, je ne veux pas risquer qu'il
se sauve. Puis, tout doucement,
je pioche un vieux trognon de
pomme dans mon seau et je murmure d'un ton très doux :

— Viens, Groseille, viens man-
ger !

J'imite Docteur Jade, lorsqu'elle
a forcé Mirabelle à se lever. Manque de chance, le cochonnet se
méfie. Il rentre tout entier sous le
rosier ! Mais ce n'est pas grave, j'ai
un plan. Je m'avance sans bruit
afin de semer un chemin d'épluchures entre le rosier et la remise.
Ensuite, je me cache derrière

la porte pour surveiller le petit
fugueur… Bientôt, comme prévu,
il sort son groin du feuillage…

— Grouik !

Il ne peut pas résister à un tel festin ! Il s'approche en dévorant les épluchures au fur et à mesure et hourra ! je l'attrape enfin ! Je n'ai plus du tout peur des cochons, à présent !

— Tu es trop mignon, Groseille ! je murmure en le serrant dans mes bras.

Au même moment, Docteur Jade et les autres reviennent dans la cour.

— Bravo, Princesse Bettina ! me félicite la jeune vétérinaire. Vous avez retrouvé Groseille, vous méritez cinq Points Diadème !

— Merci! je m'exclame, folle
de joie.

Je lui rends le cochonnet, lorsque les jumelles surgissent de

derrière le rosier. Perla proteste :

— C'est nous, qui méritons des Points Diadème ! Nous surveillons Groseille depuis une heure. On l'a empêché de s'échapper. Sans nous, Bettina ne l'aurait jamais attrapé ! Pas vrai, Précieuse ?

Sa sœur n'a pas le temps de répondre. Marraine Fée croise les bras et interroge :

— Si j'ai bien compris, Princesse Perla, vous n'avez pas bougé de derrière ce rosier ?

— Exactement, Marraine Fée !

L'Enchanteresse se met alors brusquement à grandir, grandir, grandir… Elle est à nouveau furieuse contre les jumelles !

— Voilà qui explique donc l'état impeccable de vos balleri-

nes ! déclare-t-elle d'une grosse
voix accusatrice.

Les jumelles la dévisagent, mal à l'aise. Marraine Fée insiste :

— Je vais vous raconter, moi, ce qui s'est réellement passé !

Princesses Précieuse et Perla, vous n'êtes jamais allées nourrir les cochons. C'est facile à deviner, vos chaussures n'ont pas une tache de boue ! Vous êtes restées tranquillement cachées ici. Et ce qui est pire que tout : vous avez vidé vos seaux dans celui de Princesse Bettina pour la faire gronder à votre place !

Chapitre six

Perla s'apprête à tout nier en bloc. Mais Précieuse lui coupe la parole :

— Je l'avoue, Marraine Fée : nous nous sommes cachées pour échapper à la corvée. Mais nous ne voulions pas attirer d'ennuis à Bettina en particulier ! C'est juste que son seau était le premier de la rangée…

Lady Pénélope plisse le nez. Elle est scandalisée !

— Quelle honte !

Puis, se tournant vers moi :

— Princesse Bettina, je vous présente mes plus plates excuses. À l'avenir, j'éviterai de tirer des conclusions trop rapides…

Je souris, satisfaite qu'on ne me soupçonne plus d'avoir aussi mal agi !

— Et vous, Princesses Précieuse et Perla ? ajoute Marraine

Fée d'un ton autoritaire. Vous n'avez donc rien à dire à Princesse Bettina?

— Pardon, Bettina, murmure Précieuse.

— Pardon, répète Perla d'un air à peine sincère.

— Maintenant, suivez-moi, vous deux! leur ordonne alors Lady Pénélope. Le directeur sera ravi d'entendre vos exploits de la journée! Vous saurez vous débrouiller seule pour organiser notre pique-nique, Marraine Fée?

— Mais évidemment, ma chère!

Tu aimes, les pique-niques ?
Moi, je les adore ! Surtout ceux
de Marraine Fée. Ils sont si extra-
ordinaires ! Elle agite sa baguette
magique, et dans une pluie
d'étincelles dorées, des gâteaux,
des sandwichs, des nappes et des
sodas tombent des nuages ! Avant
aujourd'hui, je n'aurais jamais
imaginé pique-niquer dans une
cour de ferme. Et grâce à Marraine Fée, ça devient l'endroit le
plus idéal de l'univers ! Elle sus-
pend de magnifiques guirlandes
de roses parfumées tout autour
des bâtiments. Puis, elle fait appa-
raître la Harpe d'or Magique,

dans le ciel. Elle joue une mélo-
die à la fois gaie et envoûtante.
Je suis sûre que c'est la musique
des Anges !

— À table ! appelle alors l'Enchanteresse lorsque Docteur
Jade et Lady Pénélope nous rejoi-
gnent.

Nous mangeons en bavardant
et en riant. Dommage que Précieuse et Perla ratent ça ! Mais
après tout, si elles sont punies,
c'est uniquement leur faute. Le
repas terminé, la harpe entame
une polka et on se met à sautiller,
tourner et virevolter dans la cour
de la ferme. Avec nos bottes en

caoutchouc qui claquent par terre, c'est très bizarre !

— Mais cela ne vous empêche pas de danser comme de vraies

Princesses Modèles ! note Marraine Fée en nous applaudissant.

J'éclate de rire. Quel drôle

de bal ! Le mieux, c'est qu'à la fin, Docteur Jade nous permet de câliner Groseille chacune à notre tour. Et devine quoi? Quand c'est à moi de le prendre

dans mes bras, il pousse un gentil grognement, comme s'il me reconnaissait, et il s'installe sur mes genoux pour dormir ! Docteur Jade hoche la tête.

— Félicitations, Princesse Bettina. Groseille vous a adoptée !

Je le regarde en souriant. J'ai l'impression que mon cœur va exploser de bonheur. Je suis si fière qu'il me fasse confiance ! Mais tu sais de quoi je suis encore plus fière ? D'avoir les six amies les plus fabuleuses du monde : Mina, Karine, Lalie, Agathe, Romy… et toi !

FIN

Que se passe-t-il ensuite ?
Pour le savoir,
regarde vite la page suivante !

L'aventure continue
à la Princesse Academy
avec Princesse Karine !

C'est le Concours des Prés, à la Princesse Academy !
Les élèves qui confectionneront la meilleure
tenue pour s'occuper des animaux remporteront
le droit de mener la Grande Parade avec un
adorable agneau. Karine espère bien gagner !
Pourvu que les jumelles ne viennent pas
tout gâcher…

**Pour connaître la date de parution de ce tome,
inscris-toi à la newsletter du site :**
www.bibliotheque-rose.com

Les as-tu tous lus ?

Retrouve toutes les histoires de la Princesse Academy
dans les livres précédents.

Princesse Charlotte
ouvre le bal

Princesse Katie
fait un vœu

Princesse Daisy
a du courage

Princesse Alice
et le Miroir Magique

Princesse Sophie
ne se laisse pas faire

Princesse Émilie
et l'apprentie fée

Saison 2 : les Tours d'Argent

Princesse Charlotte
et la Rose Enchantée

Princesse Katie
et le Balai Dansant

Princesse Daisy
et le Carrousel Fabuleux

Princesse Alice
et la Pantoufle de Verre

Princesse Sophie
et le bal du Prince

Princesse Émilie
et l'Étoile des Souhaits

Princesse Charlotte
et la Fantaisie des Neiges

Princesse Alice
et le Royaume des Glaces

Saison 3 : le Palais Rubis

Princesse Chloé
entre dans la danse

Princesse Jessica
a un cœur d'or

Princesse Marie
garde le sourire

Princesse Olivia
croit au Prince Charmant

Princesse Maya
fait le bon choix

Princesse Noémie
n'oublie pas ses amies

Princesse Noémie
et la Serre Royale

Princesse Olivia
et le Bal des Papillons

Hors-série
Le Bal des Papillons

Connecte-toi vite sur le site de tes héros préférés:
www.bibliotheque-rose.com
• Tout sur ta série préférée
• De super concours tous les mois

Les as-tu tous lus ?

Retrouve toutes les histoires de la Princesse Academy
dans les livres précédents.

Saison 4 : le Château de Nacre

Princesse Anna
et Noires-Moustaches

Princesse Isabelle
et Blanche-Crinière

Princesse Inès
et Plume-d'Or

Princesse Lucie
et Truffe-Caramel

Princesse Emma
et Sabots-Bruns

Princesse Sarah
et Duvet-d'Argent

Connecte-toi vite sur le site de tes héros préférés:
www.bibliotheque-rose.com
• Tout sur ta série préférée
• De super concours tous les mois

Saison 5 : le Manoir d'Émeraude

Princesse Amélie
et le sauvetage
du petit phoque

Princesse Léa
et le trésor
de l'hippocampe

Princesse Rosa
et le mystère
de la baleine

Princesse Mélanie
et le secret
de la sirène

Princesse Rachel
et le bal
des dauphins

Princesse Zoée
et la cérémonie
du coquillage

Saison 6 : les Tours de Diamants

Princesse Mina
et le koala

Table

« Pour l'éditeur, le principe est d'utiliser des papiers composés de fibres
naturelles, renouvelables, recyclables et fabriquées à partir de bois issus de
forêts qui adoptent un système d'aménagement durable.
En outre, l'éditeur attend de ses fournisseurs de papier qu'ils s'inscrivent
dans une démarche de certification environnementale reconnue. »

Imprimé en Roumanie par G. Canale & C. S.A.
Dépôt légal : décembre 2011
20.20.2585.6/01 ISBN : 978-2-01-202585-1
Loi n° 49956 du 16 juillet 1949
sur les publications destinées à la jeunesse